R. CHAURAND
F. MAUMONT

Éloi & DAGOBERT

Pas de repos rue des Poteaux

MILAN

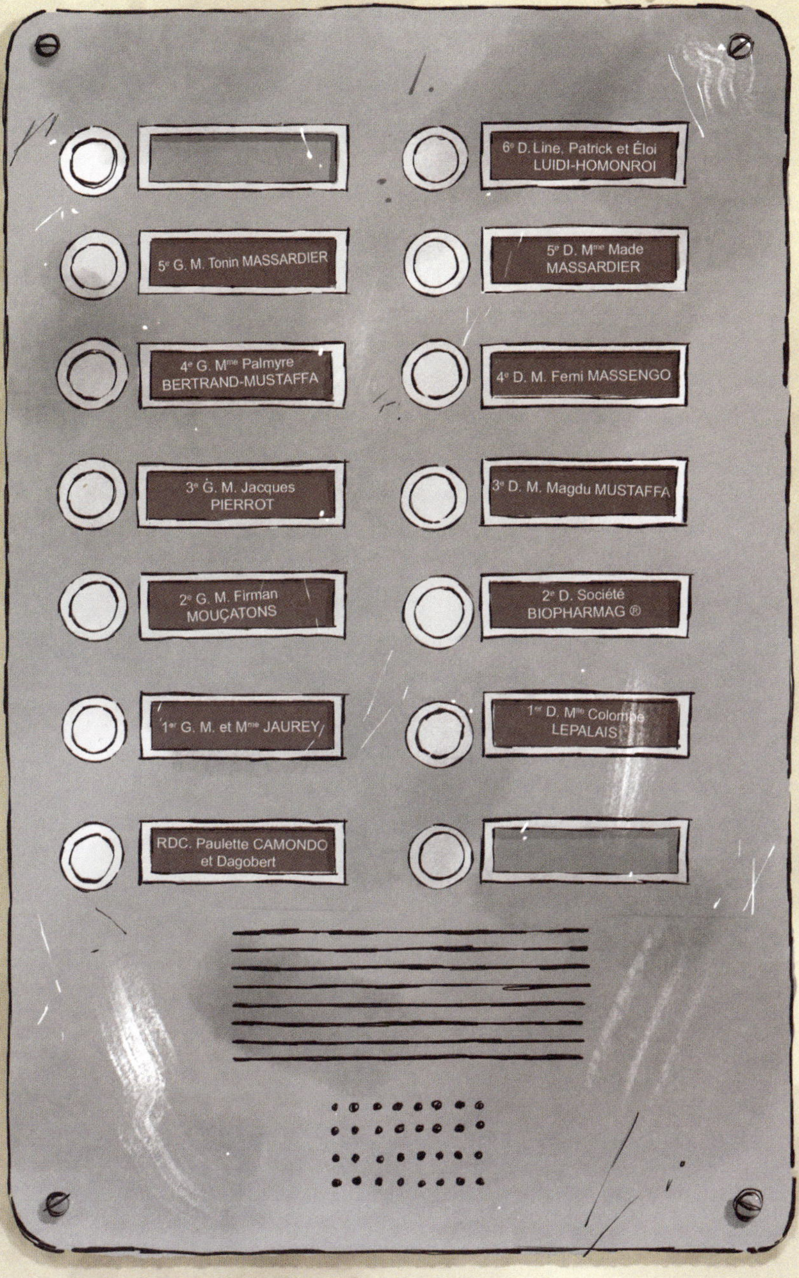
6e D. Line, Patrick et Éloi LUIDI-HOMONROI
5e G. M. Tonin MASSARDIER
5e D. Mme Made MASSARDIER
4e G. Mme Palmyre BERTRAND-MUSTAFFA
4e D. M. Femi MASSENGO
3e G. M. Jacques PIERROT
3e D. M. Magdu MUSTAFFA
2e G. M. Firman MOUÇATONS
2e D. Société BIOPHARMAG ®
1er G. M. et Mme JAUREY
1er D. Mlle Colombe LEPALAIS
RDC. Paulette CAMONDO et Dagobert

CHAPITRE 1

— DAGOBERT !

Ça, c'est ma mère qui hurle mon prénom dans la cage d'escalier de notre immeuble. Elle est persuadée que je me suis caché pour ne pas aller à l'école. Ça m'arrive parfois, c'est vrai, quand je traîne un peu et que j'essaie d'être en retard. Parce que, quand je suis en retard, la maîtresse m'envoie dans une autre classe. J'aime bien : comme je ne suis pas dans ma classe, je ne fais rien, j'écoute, je rêve, je dessine. Mais là, maman, elle se trompe si elle croit que j'ai pas envie d'aller à l'école, parce que, ce vendredi-là, c'est le dernier jour avant les vacances. Et, ce jour-là, je l'adore.

Maman a pris l'habitude de hurler quand elle me cherche, parce que neuf fois sur dix (d'après elle) je suis introuvable. Il lui suffirait pourtant simplement de me chercher dans une de mes quarante-cinq cachettes secrètes, c'est quand même pas si compliqué. Mais elle ne veut pas faire d'efforts et préfère hurler dans tout l'immeuble. Je suis sûr qu'on l'entend dans toute la rue.

Bon, en tout cas, ce coup-là, si maman ne me trouve pas, c'est parce que je suis en train de monter l'escalier. Je monte chercher Éloi. Éloi, c'est le voisin du sixième. On est les deux seuls enfants de notre immeuble. Éloi, c'est exactement tout le contraire de moi. On se ressemble pas du tout, mais PAS DU TOUT. On a juste deux trucs en commun : on est dans la même classe et on habite le même immeuble, au 8, rue des Poteaux. Sinon, lui c'est le premier de la classe, et moi je suis le dernier.

Bref, je monte chercher Éloi pour être sûr de ne pas être en retard. En arrivant au troisième étage, j'entends comme une rumeur qui vient de tout en haut. Et, à chaque marche que je grimpe, le bruit se fait plus fort. On dirait qu'il y a du grabuge chez Éloi.

Oui, effectivement, quand j'arrive sur son palier, on ne dirait plus qu'il y a du grabuge, IL Y A du grabuge ! Ça crie dans tous les sens, ça fait de grands pas en tapant des pieds.

Personne ne répond quand je sonne à la sonnette. Je re-sonne : pareil. Alors je re-re-sonne, mais ce coup-là en donnant des coups de pied dans la porte. Ça, ça s'entend bien, parce que tout vibre. Bingo, ça marche !

J'entends quelqu'un qui s'approche de la porte. La porte s'ouvre en trombe, Éloi sort en trombe, il claque la porte en trombe, et, en descendant l'escalier en trombe, il hurle :

– SUIS-MOI, DAGOBERT, IL NE SE PASSE RIEN DE BON DANS CETTE MAISON !

J'ai rien compris, mais je lui fais confiance. Et en plus, si on court, on ne sera pas en retard et ça me va.

Éloi saute les marches trois par trois en hurlant :

– QUELLE MAISON DE FOUS !

Je lui dis qu'il faut qu'il se calme, parce que notre immeuble n'est pas une maison de fous et que, s'il continue à galoper comme ça, on va arriver une heure en avance à l'école. Alors, j'aime bien le dernier jour d'école avant les vacances, mais, y arriver une heure en avance, il ne faut pas exagérer quand même.

Une fois dans la rue, il se calme et s'assied sur le trottoir.

Je l'ai jamais vu comme ça, le gars. Il fait quand même sa spécialité : de bons gros yeux de poisson frit. Il fait ça à chaque fois qu'il est super-étonné, contrarié, perturbé, ou qu'il réfléchit à toute blinde. Ça arrive assez souvent en fait, mais on s'habitue.

Je lui demande ce qui se passe chez les Luidi-Homonroi. C'est la guerre atomique ? On a piqué la collection de disques de jazz de sa mère ? Ils n'ont plus d'eau chaude ? Son papa n'a plus d'encre dans son imprimante ? Il n'a pas révisé le contrôle de maths prévu deux mois plus tard ?

– Arrête, Dagobert, c'est encore pire que tout ça, me répond Éloi.

– Pire que ça ?

– C'est nos vacances. Nos vacances sont foutues.

– Mince ! Vous n'allez plus chez Dominique l'Américaine ?

– EN RÉPUBLIQUE DOMINICAINE ! On devait aller en République dominicaine, pas chez Dominique l'Américaine, patate.

– ROOOOOOOH, si c'est que ça, c'est pas bien grave, hein ! Vous irez à Cuba, vous irez dans la jungle voir les gorilles manger des myrtilles, vous irez faire du ski sur les neiges éternelles du Kilimandjaro ! Vous irez faire du…

– On ne va rien faire du tout, on ne va nulle part. Nos vacances sont annulées. ON NE VA NULLE PART. Il y a un mot que tu ne comprends pas dans « ON NE VA NULLE PART » ?

Alors là je dois dire que, ce coup-ci, ça me fait tout drôle. Depuis que je le connais, Éloi, dès que lui et sa famille ont cinq minutes de vacances, ils partent à l'autre bout du monde et reviennent avec huit valises de souvenirs, dix heures de film et quinze mille photos pas toujours très intéressantes. J'essaie de le réconforter.

– Tu sais, c'est pas hyper-grave, hein ! Nous, avec maman, toutes nos vacances, on les passe en Bretagne, et on se marre bien. Et puis allez, lève-toi au lieu de réchauffer le trottoir avec tes fesses, on y va, on discutera sur le chemin.

Il se lève de son trottoir tout chaud de ses fesses, et on file à l'école. Dans mon cartable, il y a du jus d'orange, du jus de raisin, des gâteaux faits par madame Bertrand-Mustaffa, et une glace faite par monsieur Mustaffa. (Ces deux-là, ils sont un peu vieux, mais ils viennent de se marier, et tout ça grâce à moi. Enfin, grâce à Éloi et moi. Éloi, parfois, c'est mon assistant sur des missions délicates.) Le dernier jour d'école, ça se fête ! Éloi, lui, continue de râler. Il ne parle pas autant d'habitude ! Là, je ne peux plus l'arrêter, je suis obligé de trottiner derrière lui en l'écoutant m'expliquer combien sa vie est dure.

– RAAAAH, mais tu ne comprends pas. Je vais être obligé de rester ici pendant un mois ! C'est la première fois. Je vais faire quoi, hein ? Avec la chaleur qu'il fait en plus ! Ce n'est pas possible de ne pas partir en vacances !

– Mais pourquoi vous ne partez pas en vacances au fait ? je lui demande.

– Mon père a soi-disant une « grosse mission super-importante » qu'il ne peut pas rater. Soi-disant le truc le plus important qui lui soit jamais arrivé, un « truc de malade ». Mon père me raconte ça en faisant tout le temps des guillemets avec ses doigts.

Et, en disant ça, Éloi fait des guillemets avec ses doigts.

– Mais pourquoi tu ne pars pas avec ta mère quand même ?

– Maman doit aider papa pour sa « mission super-importante ». Et, comme papa, chaque fois qu'elle dit ça, elle fait des guillemets avec ses doigts.

Et, en disant ça, il fait des guillemets avec ses doigts.

– Les parents m'ont promis que, comme on annule ces vacances-là, les prochaines seront encore plus terribles, encore plus longues, encore plus lointaines et encore plus chères. Mais je ne vais JAMAIS pouvoir attendre aussi longtemps !

– Mais pourquoi tu ne pars pas avec tes grands-parents alors ?

– Ils sont partis en croisière ce matin. Ils pensaient qu'on allait en République dominicaine pour des « vacances de rêve »...

Et, en disant ça, il fait des guillemets avec

ses doigts et une espèce de grimace affreuse avec son visage.

En arrivant vers l'école, je me rends compte que le gars Éloi va rester dans l'immeuble avec moi pendant un mois, et que je sais pas ce que je vais en faire, moi, de ce « poisson râleur », et en pensant ça je fais des guillemets avec mes doigts, mais seulement dans ma tête.

Éloi passe une journée affreuse ; moi, je rigole bien. C'est chouette, la dernière journée d'école.

Et puis, le soir, on rentre à la maison.

Éloi, l'âme en peine, monte chez lui comme si son cartable pesait deux tonnes et demie.

– À demain pour des « super vacances », dit-il en faisant des guillemets avec ses doigts.

CHAPITRE 2

Le lendemain matin, premier jour des vacances, je me lève, je prends ma douche et je file chez Momo. Je vais acheter de quoi me faire un bon très gros petit déjeuner de début de vacances, et il me manque quelques petits trucs : de la brioche, du jambon, des croissants, des pains au chocolat, des œufs, du miel, des pots de confiture, des oranges, du pain de mie, du basilic, de l'eau de fleur d'oranger, du cacao en poudre (la boîte qui est à la maison n'est plus qu'à moitié pleine), des pains au lait et des œufs. Je sais, je l'ai déjà dit, mais c'est pour pas oublier les œufs.

J'arrive chez Momo en courant, mais… mais… mais QUOI ? L,ÉPICERIE DE MOMO EST FERMÉE ! Enfin, presque fermée : au moment où j'arrive, Momo est en train de baisser le rideau de fer. Moi, je ne l'ai vue fermée que deux fois dans ma vie, l'épicerie de Momo : une fois quand le Stade français a gagné la finale du Top 14 de rugby, et une autre fois quand je suis allé chercher du shampoing en oubliant qu'on était dimanche.

– Mais, Momo, qu'est-ce qui t'arrive ? Tu pars en vacances ?

– Ah, salut, mon Clignotant ! (C'est comme ça que Momo m'appelle, parce qu'il trouve que je bouge tout le temps, que je gigote de droite à gauche.) Je dois partir en urgence :

ma fille vient d'accoucher, et il n'est pas question que j'attende une demi-seconde de plus pour aller découvrir mon petit-fils, il paraît qu'il a mes yeux. Et, même si ça m'embête drôlement de fermer alors que j'ai des tas de clients qui viennent chercher leurs commandes aujourd'hui, je dois absolument rencontrer mon petit-fils le plus vite possible.

C'est pas possible, je dois faire quelque chose. Je réfléchis, et HOP, en voyant Momo comme ça, tout désemparé, j'ai une idée pour bien commencer les vacances.

Je m'approche de Momo.

– Hé, Momo, si tu veux, Éloi et moi, on peut garder ton épicerie, donner les commandes, vendre deux ou trois bricoles. On peut même tenir la caisse : Éloi, c'est le meilleur en maths de tout le quartier, je crois même qu'il est plus fort que la maîtresse. Je vais le chercher tout de suite, on est de retour dans huit minutes.

Les yeux de ton petit-fils peuvent bien attendre huit minutes quand même, non ?

– Mais, Clignotant, c'est loin, chez ma fille, je risque de ne rentrer que ce soir ! Comment vous allez faire ? La journée va être longue !

Ça, ça veut dire qu'il est d'accord. Alors, avant qu'il change d'avis, je fais demi-tour et je cours à la maison.

– Attends-nous ici, Momo ! Je reviens dans sept minutes avec du renfort, tu peux remonter ton rideau de fer et rallumer ta boutique !

Je cours comme un dératé, je passe une tête dans la loge de maman, le temps de lui crier :

– PETIT DÉJEUNER ANNULÉ, MISSION DE LA PLUS HAUTE IMPORTANCE, À CAUSE DES YEUX DU PETIT-FILS DE MOMO ! POUR LES COMMANDES DES CLIENTS, PAS POSSIBLE DE FERMER ! IL RELÈVE SON RIDEAU, ET JE NE SERAI

PAS LÀ AUJOURD'HUI, JE VAIS CHERCHER ÉLOI, ON RENTRE TARD CE SOIR !

Maman passe une tête par la porte et me crie dans l'escalier :

– J'AI RIEN COMPRIS, MON PETIT OISEAU DES ÎLES, MAIS ALORS RIEN DU TOUT !

J'ai pas le temps de lui expliquer. Je monte l'escalier à toute blinde, et je suis déjà au deuxième étage. Je ne prends pas l'ascenseur, parce qu'il s'arrête où et quand il veut. J'ai même installé une petite étagère dedans, avec des livres et des petits gâteaux, pour que les gens qui sont coincés puissent attendre les secours tranquillement. J'arrive essoufflé à mort chez Éloi. Je tambourine à la porte. Monsieur et madame Luidi-Homonroi m'ouvrent. Ils sont déjà prêts à aller au boulot, habillés, parfumés, coiffés, repassés.

– Bonjour, j'ai besoin d'Éloi pour la journée.

Une mission super-importante. Momo a eu un enfant, petit, qui a les mêmes yeux que lui et qu'il doit voir tout de suite. On rentre ce soir, on donnera les commandes et on rendra la monnaie. Vous inquiétez pas, on sera sages ! Et ça risque d'être mieux que chez Dominique l'Américaine !

Bon, à voir leurs têtes, je crois que les parents d'Éloi n'ont rien compris à ce que je viens de dire, comme maman. Parfois les choses sont bien claires dans ma tête, mais, quand je les explique, ça ne sort pas dans le bon ordre. Je suis obligé de tout bien réexpliquer, puis d'aller chercher Éloi, qui fait son yoga. Il s'habille en vingt secondes. Il ne comprend pas tout non plus, mais je pense que l'idée de faire n'importe quoi d'autre que de rester tout seul chez lui toute la journée lui plaît pas mal.

En descendant, je réexplique à maman notre mission. Elle dit que, si Momo est d'accord, si les parents d'Éloi sont d'accord, elle est d'accord aussi. Elle dit qu'elle nous apportera des sandwichs à midi.

Bref, on arrive chez Momo en moins de six minutes trente. On est des champions !

Toute la famille de Momo est dans la voiture devant l'épicerie. Momo nous explique vite fait deux ou trois choses importantes, pendant que sa femme et ses enfants klaxonnent en lui hurlant par la fenêtre de se dépêcher parce que son petit-fils va bientôt avoir quatre heures et qu'ils veulent être là pour lui fêter son anniversaire de première demi-journée. Éloi vient de comprendre ce qui lui arrive, et, à voir sa tête, je ne suis pas sûr que ça lui plaise tant que ça…

Moi, je suis trop content. C'est mon rêve d'avoir un magasin pour moi tout seul.

FERMÉ

CHAPITRE 3

Moi, l'épicerie de Momo, je la connais par cœur. J'y passe au moins une fois par jour. Et parfois je lui donne un coup de main, quand il a besoin de renfort pour vider les cartons dans les rayons. Je fais visiter à Éloi TOUS les rayons : des shampoings pour tapis, pour moquettes, pour chiens, pour chats, pour cheveux, jusqu'aux boîtes de cirage. Après la visite, le gars prend carrément une feuille et un crayon pour dessiner l'intérieur de l'épicerie et écrire le contenu de chaque rayon. Il est marrant, quand il a terminé il met son stylo sur l'oreille, comme Momo. Et puis, quand il a fait tout le tour et tout noté sur son papier, il vient me voir. Moi, je suis en train d'ouvrir un paquet de madeleines, parce qu'avec tous ces évènements je n'ai pas encore petit-déjeuné. J'ose quand même pas prendre un café pour faire comme Momo, non, j'aime vraiment trop pas ça.

– DAGOBERT, OK POUR CETTE MISSION, on va tenir l'épicerie aujourd'hui si ça peut aider Momo, me lâche Éloi.

Il dit ça en enfilant un tablier bleu comme celui de Momo, et il m'en tend un aussi, que j'enfile aussitôt. Il a raison, on est drôlement beaux là-dedans !

Éloi pense si fort qu'il est bien content d'être là plutôt que de ranger par ordre

alphabétique ses timbres de pays super-inconnus, que je l'entends presque aussi bien que s'il le disait en vrai. Et puis il continue à voix haute :

– Donc, je te compte trois euros soixante pour le paquet de madeleines que tu es en train de manger.

Je m'étouffe en entendant ça.

– Quoi ?! Quoi ?! je répète. Mais on est chez MOMO, je te signale, on travaille POUR LUI, il peut bien nous donner quelques madeleines pour tenir le coup, NON ?

– Tant que Momo ne nous a pas donné le paquet de madeleines, c'est du vol. J'écris donc que tu dois trois euros soixante, tu pourras payer ce soir, et tu as de la chance que je te fasse crédit jusque-là !

Non mais quel briseur de rêve, ce poisson-là !

– ON VA BIEN VOIR CE SOIR SI MOMO

NOUS OFFRE OU PAS UN PAQUET DE MADELEINES ! NON MAIS JE RÊVE, HEIN !

En criant ça, je lui crache des miettes de madeleine un peu partout. Il ne bouge pas, il attend en fermant les yeux que j'aie terminé de hurler. J'ajoute :

– Et puis, si tu as faim, tu peux toujours manger les miettes qui sont sur ton tee-shirt maintenant. Mais attention : c'est vingt-deux centimes la miette ! Tu l'écriras sur ton papier là, le nombre de miettes que tu as mangées et que tu devras me payer ce soir, je te fais crédit jusqu'à ce soir, hein !

Bon, ça ne le fait pas rire. Mais voilà notre première cliente de la journée.

C'est Madeleine Tremblu. La petite mamie qu'Éloi avait saluée quand je lui avais présenté Momo la première fois, quand il venait à peine d'emménager.

– Bonjour, madame Tremblu, vous avez besoin de quoi ce matin ?

– Ah, mon petit Dagobert, c'est toi qui tiens la boutique aujourd'hui ?

– Oui ! Momo est parti voir sa fille, qui vient d'accoucher, et c'est moi qui tiens l'épicerie en attendant qu'il rentre. Éloi est mon assistant, il me donne un coup de main, je lui apprends le métier.

Madame Tremblu est bien contente et nous tend une longue liste de choses qu'elle est venue acheter chez Momo.

– Tenez. Ça, c'est ma liste de courses. C'est comme d'habitude, je n'ai rien changé.

Je tends la liste à Éloi.

– Tiens, Éloi, trouve-nous tout ça, ce sera facile avec le plan que tu viens de faire. Moi, je m'occupe de madame Tremblu.

Je tire une caisse en bois près de nous, j'assieds madame Tremblu dessus. Je lui ouvre un petit paquet de cacahouètes et lui donne un verre d'eau gazeuse. Pendant ce temps, Éloi court partout. Il a dégoté un petit escabeau, et, à chaque fois qu'il trouve un article, il vient le déposer dans un panier devant madame Tremblu, qui déguste ses cacahouètes et son eau gazeuse. Je n'ai jamais vu Éloi comme ça : il court, vole, saute, attrape, dépose, et fait une petite croix sur la liste de madame Tremblu à chaque fois qu'il met un article dans le panier. Moi, je vais chercher derrière le comptoir le grand livre dans lequel Momo écrit ce que lui doivent ses clients. En revenant avec le cahier vers madame Tremblu et ses cacahouètes, je bute sur un gros carton sur lequel est écrit « Tremblu – commande ». J'ouvre le paquet et, tiens, c'est marrant, je fais une drôle de découverte au moment même où Éloi dépose le dernier article dans le panier en disant :

– ET VOILÀ ! TOUT Y EST !

Il est fier comme tout.

– Tu peux tout remettre à sa place, Éloi. La commande de madame Tremblu était prête ici !

Éloi est furax, il fait ses gros yeux de poisson frit et il s'effondre, épuisé, sur un gros sac de vingt-cinq kilos de riz entier de qualité supérieure.

– Avant que ton assistant ne range tout dans les rayons, peux-tu lui demander de mettre ma commande dans mon panier à roulettes ?

Pendant ce temps je vais prendre une autre eau gazeuse, mon petit Dagobert, et puis je file, hein !

Madame Tremblu rentre chez elle. Éloi, qui a re-couru, re-volé, re-sauté, re-attrapé, re-déposé dans les rayons, et refait une petite croix sur la liste, se re-effondre sur le sac de vingt-cinq kilos de riz entier de qualité supérieure. Quelle petite nature, celui-là !

– Bon, moi, j'arrête. C'est trop, c'est nul, c'est fatigant, j'en peux plus, maintenant il faut que je dorme trois jours pour m'en remettre. Et mes timbres me manquent.

CHAPITRE 4

Au moment où Éloi est en train de piquer du nez sur son sac de vingt-cinq kilos de riz entier de qualité supérieure, un groupe de cinq personnes entre dans l'épicerie. On voit bien que ce sont des touristes. Ils ont des casquettes, des lunettes de soleil, des shorts, et ils prennent en photo tout ce qu'ils voient. On dirait qu'ils sont dans le plus beau musée du monde. Ils font des tas de photos et regardent tout avec attention, comme si chaque paquet de biscuits ou chaque tube de dentifrice avait été peint ou inventé par Léonard de Picasso ou François XII de Troy. En passant devant nous, ils nous prennent aussi en photo. Moi, je fais un sourire idiot, mais Éloi, lui, leur sort ses yeux de poisson. Ils discutent dans une langue qui m'est complètement inconnue, entre le burgonde, le martien et le chinois. L'un deux s'approche de moi et me montre un savon en prononçant une super-longue phrase qui fait à peu près :

– *Zintong flaffalfal boutale mut-mute. Pouyasqué touch-touche ?*

– On dirait qu'il te demande à quoi ça sert, me fait remarquer mon assistant, assis sur son sac de vingt-cinq kilos de riz entier de qualité supérieure. Je pense qu'ils sont landiskövites. J'ai fait du landisköve en CP. « *Pouyasqué touch-touche ?* », ça veut à peu près dire

« Comment ça marche ? ». Mais je ne sais pas dire *savon*, alors tu te débrouilles.

Bon, je ne vais pas me dégonfler, et puis il s'agirait de vendre des trucs là, on est là pour ça, non ? Donc je prends la boîte de savon, et je fais semblant de me laver les pieds, les fesses, les dessous de bras et les cheveux.

– *Poulande ! Garçou ! Trèfle-bicare !* hurle celui qui est près de moi en s'adressant à ses copains.

Éloi me traduit à peu près :

– Il dit qu'il a compris et qu'il te remercie.

Mais je ne suis pas très sûr qu'il ait bien compris, notre touriste, parce qu'il ouvre le savon et donne un grand coup de dents dedans, et commence à mastiquer avec application. Il fait une tête de joyeuse découverte, se retourne vers ses copains, les appelle et leur fait goûter le savon. Ils croquent tous dedans à pleines dents. Ils ont l'air de trouver ça

super-bon. Éloi se réveille de son épuisement et commence à hurler qu'il faut les arrêter, qu'ils sont en train de manger du savon, et qu'ils sont fous, et que c'est super-mauvais pour la santé. Moi, je retiens Éloi par la ceinture de son tablier d'épicier.

– Laisse-les faire s'ils veulent être propres de l'intérieur et faire des prouts odeur lavande ou fraîcheur sauvage. C'est leur problème s'ils sont déglingués. On n'est pas là pour critiquer les choix des clients.

Nos touristes continuent tranquillement leurs courses. Ils ont des petites bulles qui sortent de la bouche quand ils se parlent. Ça donne des mots en landisköve incompréhensibles, avec en plus de chouettes bulles. Ils ouvrent des bouteilles de shampoing, y goûtent un peu, et hop, quand ils trouvent ça bon, ils remplissent leurs paniers avec. Au bout de vingt minutes, ils ont rempli deux paniers par personne, et un panier avec tous les savons et tous les shampoings de la boutique. Il n'en reste pas un seul, ils sont trop contents. Ils ne doivent pas avoir de savon ni de shampoing dans leur pays. J'aimerais pas être invité à manger chez eux : la soupe doit avoir un affreux goût de shampoing, et le pain un bon vieux goût de savon, BEUARK !

Bref, nos touristes passent finalement à la caisse. Derrière le comptoir, Éloi est super-fier mais un peu trop petit, alors il est monté sur une caisse de pommes pour faire la note. Il fait le total en s'amusant comme un petit fou avec la machine pour lire les codes-barres, qui fait « BIP ! » à chaque fois qu'on lui montre un article. Comme le total est énorme, je décide de leur faire un petit cadeau. J'ai vu Momo offrir des petits cadeaux à ses meilleurs clients. Quand ils ont payé Éloi, je leur donne un fromage, un délicieux camembert qui sent

bon les pieds, bien typiquement de chez nous. Le plus malin des touristes a compris que c'était un cadeau et me serre la main en la secouant bien fort.

– *Kountach-kountache !* me dit-il.

Éloi s'apprête à traduire, mais je lui dis que j'ai compris que ça veut dire « merci ».

Le touriste ouvre la boîte de camembert, et, pour me montrer qu'il est content, il en découpe un petit morceau et commence à se laver les mains avec.

Éloi et moi, on fait des sourires idiots à l'extérieur, mais à l'intérieur on a un petit fou rire personnel, parce qu'on trouve ça quand même méga-bizarre. En Landiskövie ils se lavent avec ce qu'on mange chez nous, et ils mangent ce avec quoi on se lave. C'est pas plus compliqué que ça en Landiskövie.

On rigole bien, Éloi et moi, une fois que nos touristes sont repartis. Mais déjà notre travail reprend de plus belle, parce que les clients de Momo n'arrêtent pas de défiler. Pour leurs commandes, pour une tranche de jambon, pour du papier d'aluminium, ou même pour nous demander du « cidasse à gorages ».

CHAPITRE 5

C'est un monsieur rigolo qui a l'air complètement dans la lune qui vient nous demander ça : un « petit pot de cidasse à gorages ». Il dit qu'il en a déjà acheté ici, chez Momo. J'appelle Éloi, qui est en train de faire ses comptes dans un petit carnet et qui a l'air d'aimer ça, vraiment.

– ÉLOIIIIIIIII ! J'ai un client qui voudrait du cidasse à gorages. On a ça ici ?

Éloi débarque en se grattant le menton.

– Si on a du cidasse à gorages ? Heu… Je… ne sais… heu… pas. Je vais aller voir dans la réserve. Dagobert, tu viens m'aider ?

Dans la réserve, Éloi est paniqué, il chuchote en hurlant avec des yeux bien grands de poisson.

– Mais c'est quoi, du cidasse à gorages ?

– J'en sais rien. On lui dit qu'on n'en a plus, et voilà, on passe à autre chose, je lui réponds en tournant les talons.

Mais Éloi me rattrape par la ceinture de mon tablier et me dit :

– JAMAIS ! On ne laisse JAMAIS repartir un client sans lui avoir trouvé ce qu'il veut. En plus, j'ai entendu, il a dit qu'il en a déjà acheté ici, on doit donc en avoir. On ne peut pas lui demander ce que c'est non plus, on va passer pour des débutants. T'imagines s'il est fâché, vexé, déçu, dégoûté, dépité, désappointé, frustré, insatisfait ou mécontent ? Il ne reviendra plus jamais, et il va faire une horrible publicité à Momo, et dans pas longtemps, CLAP, fermée, l'épicerie de notre Momo ! Et Momo, PAF, au chômage ! Va lui parler pour le faire patienter, pendant ce temps je vais chercher sur l'ordi ce que ça peut bien être, du cidasse à gorages.

Ah, mais il m'énerve, cet épicier-là aux grands yeux de poisson, je préfère mon Momo. Bon, je retourne vers notre poète pour lui poser quelques questions sur son fameux cidasse à gorages. Il est en train de regarder les coupe-ongles. Je m'approche de lui et je tente un truc :

– Votre cidasse à gorages, vous le voulez en quelle taille ?

Il penche un peu la tête et me répond :

– Taille normale. J'en ai besoin parce que samedi prochain je suis invitage à un marié.

Il est « invitage à un marié » ! OK, là, c'est la fin des haricots, en fait on ne comprend rien à ce qu'il dit. C'est la journée décidément ! Déjà un peu plus tôt, avec les touristes de Landiskövie, la communication n'était pas au top.

– Avec ma vieille gaire de podasses, si je ne fais rien je vais passo pour un rigoler, ajoute notre gentil coco.

Bon, ça se complique, mais je tente une question pour essayer d'y voir plus clair. C'était presque mieux avec les Landiskövites.

– Heu… Il vous le faudrait en quelle couleur, votre cidasse à gorages ?

– Ah bah, clarron mair, comme d'habitude !

Mazette, c'est de pire en pire. Mais qu'est-ce qu'il fait, Éloi ? Ah, ouf, le voilà. Mais il est tout rouge, avec des yeux immenses, c'est mauvais signe.

En passant devant moi, il me chuchote entre les dents :

– On est perdus, il n'y a rien sur Internet, rien, que dalle. Et je viens d'essayer d'appeler Momo, mais il est sur répondeur.

Je tente une autre question :

– Comment vous faites pour utiliser votre cidasse à gorages, pour que je voie si on a bien le même modèle ?

Notre client mystère penche un peu la tête,

se baisse comme pour frotter ses chaussures, et me répond :

– Voilà, comme ça. Je fais bien attention de ne pas en choutre sur mes faussettes, parce que je vais mettre des blaussettes chanches samedi.

Éloi commence à suer à grosses gouttes. On va droit sur un échec, et il va falloir expliquer à notre client qu'on n'a plus de cidasse à gorages.

Le client penche encore un peu la tête et me dit :

– Si vous en avez en noir, c'est pas grave. Mes chaussures sont farron moncé, ça ira très bien.

AAAH, ÇA Y EST ! Punaise, je suis un génie ! J'ai compris ! Ouais ! C'était pas compliqué en fait !

Éloi, lui, s'est assis sur son sac de vingt-cinq kilos de riz entier de qualité supérieure, et il est en train de baver de désespoir sur ses genoux. Mais il relève la tête quand il entend :

– Cher monsieur, suivez-moi, je vais vous montrer tous les cidasses à gorages que nous avons. Vous avez une brorage à cisse, ou il vous en faut une ?

– Non merci, une brorage à cisse, j'en ai une. Mais il me faudra un chifasse à godons par contre.

– Pas de problème, nous avons ça aussi. Voilà, nous y sommes : choisissez votre coulée préféreur.

Éloi, qui nous a suivis, est épaté. Pendant que notre gentil client rigolo choisit sa « coulée préféreur », j'explique à Éloi en chuchotant :

– Ce gentil monsieur a un petit problème de mélange de lettres. Tu vois, le *cidasse à gorages*, c'est du *cirage à godasses*, et, une *brorage à cisse*, c'est une *brosse à cirage*. C'était pas plus compliqué ! Pour une fois que je comprends un truc plus vite que toi ! Va chercher une boutade de limoneille, on va fêter ça quand il sera parti !

– Bon, moi, je retourne caire les fomptes : avec cette histoire, je me suis mis en retard. On verra plus tard pour la boutade de limoneille, me répond Éloi en faisant un clin d'œil de poisson.

CHAPITRE 6

À midi, maman nous apporte de délicieux sandwichs. Pendant qu'on les dévore avec Éloi, parce que ça creuse d'être épicier, eh bien, pendant ce temps-là, maman s'amuse avec la caisse de Momo. Elle joue à la marchande, elle passe le lecteur de codes-barres sur des tonnes d'articles, et ça la fait rigoler à chaque fois que la caisse fait « BIP ! ». Moi, j'ouvre un paquet de chips pour en mettre dans mon sandwich, parce que je m'aperçois que maman a oublié de le faire. Mince, j'oublie Éloi : il m'a vu et il va encore me facturer ce paquet de chips, et je vais devoir le rembourser le soir au retour de Momo. Mais non, Éloi me tend son sandwich et me demande de lui en mettre une grosse poignée.

– Ça a l'air bon, ton idée là, me dit-il simplement.

Maman a terminé de jouer à la marchande, alors elle rentre à la maison en prenant un paquet de farine. Elle nous promet de nous faire de bonnes pizzas pour le dîner, elle a même invité les parents d'Éloi.

Nous, on retourne au boulot. Enfin, on *attend* le boulot, car, le boulot, c'est les clients. En attendant les clients donc, je décide de faire un peu de rangement. Le fauteuil-sac de vingt-cinq kilos de riz entier de qualité supérieure d'Éloi est tout avachi, je le redresse. Je balaie un peu devant les fruits et légumes. Je remets en place une cagette de melons qui est en train de se casser la figure. Mais en fait c'est super-lourd, et tout ça m'échappe... Les melons atterrissent sur le cageot de pêches qui est juste au-dessous. Aïe, c'est super-moche, les pêches sont super-écrasées, c'est même de la purée de pêches. Mince de mince, on ne va pas pouvoir vendre des pêches comme ça ! Ça m'ennuie d'avoir tout bousillé. Bon, je descends à la cave chercher une grosse poubelle pour balancer tout ça. Mais en fait, en fouillant un peu, je trouve des trucs intéressants. Et, au lieu d'une poubelle, je remonte des bocaux vides et des petits pots de fleurs avec un gros sac de terreau. Il y a tout chez Momo. Tout, sauf qu'il n'y a plus de shampoing ni de savon. Mais, ça, il suffira qu'il en commande.

Avec un couteau, j'épluche ma purée de pêches pour enlever la peau et je retire les noyaux. Je mets l'équivalent de trois grosses pêches dans chaque bocal, avec une grosse feuille de menthe et un verre de limonade, et je visse un couvercle sur tout ça. Hop, je prends des étiquettes à côté de la caisse de Momo.

Éloi me regarde avec un œil normal et un œil tordu de poisson qui se demande ce que je fabrique. Sur les étiquettes, j'écris avec un gros feutre noir : « PAÎCHE GLASSÉ PATILLANTE ALLO RIANTALE DE CHÉ MOMO ».

Et je pars ranger les bocaux dans le grand frigo transparent que Momo a mis sur le trottoir. Je vire toutes les bouteilles en plastique qui vont finir à la poubelle et dans les océans, et je remplis le frigo avec les bocaux de pêches qui ne vont pas tarder à être glacées. Pendant que je travaille, Éloi me passe devant avec le gros feutre noir. Il retourne ma pancarte, écrit un truc dessus, et rentre dans l'épicerie compter les boîtes de petits pois.

Non mais pour qui il se prend, le poisson d'eau douce ? Il s'amuse à changer MON idée ! Je me lève pour décrocher MA pancarte et la lui mettre en plein milieu de la figure.

Mais bon, OK, il n'a rien changé, il a juste amélioré. OK pour cette fois.

Les noyaux, pas question de les balancer à la poubelle. Je remplis les petits pots de fleurs de terreau, et dans chacun je plante un noyau de pêche. Je colle des étiquettes dessus, sur lesquelles j'écris : « FUTURES PÊCHES ». Il n'y a pas de fautes, parce qu'Éloi a bien voulu me relire.

Voilà, ma bêtise est à peu près réparée.

On s'occupe de quelques clients qui arrivent, et, s'ils veulent acheter du savon ou du shampoing, on leur explique qu'on est bien désolés, mais qu'on n'en a plus et qu'il faudra revenir le lendemain. Et puis, il y a une dame qui s'est servie dans le frigo sur le trottoir et vient à la caisse avec un bocal de pêches glacées pétillantes à l'orientale de chez Momo.

– Si vous voulez faire vous-même vos pêches glacées pétillantes à l'orientale de chez Momo, je lui explique, on vous offre un petit pêcher qui vous donnera bientôt de bonnes pêches glacées pétillantes à l'orientale de chez Momo !

– Tiens, bonne idée ! me répond notre cliente.

Hop ! Voilà un bocal de vendu avec son petit arbre !

Et puis nous retournons à notre travail.

Mais il ne faut pas longtemps avant qu'une

autre dame arrive et nous demande un bocal de pêches glacées pétillantes à l'orientale de chez Momo parce qu'elle a entendu dire que c'était super-rafraîchissant et en plus délicieux. Et puis, quelques minutes plus tard, même histoire. Trois clients entrent pour nous prendre chacun un bocal de pêches glacées pétillantes à l'orientale de chez Momo.

Éloi, qui avait regardé mon petit manège de préparation d'un œil distrait, me fait remarquer qu'en une heure on a vendu trente-cinq bocaux de pêches glacées pétillantes à l'orientale de chez Momo, et que c'est plutôt pas mal.

Et puis, avec la chaleur qu'il fait dehors, et comme dans notre quartier tout se sait très vite, les gens viennent de plus en plus nombreux nous prendre des bocaux de pêches glacées pétillantes à l'orientale de chez Momo. Et voilà qu'à seize heures trente on n'a plus un seul bocal, tout est vendu.

– On ne va quand même pas refaire tomber une cagette de melons sur une cagette de pêches ? me demande Éloi en me regardant.

Je lui réponds que non, parce que j'ai déjà failli me faire écraser moi-même, et que c'est super-lourd, et que maintenant c'est bon, ma bêtise est réparée. Mais il rétorque que ça ne se fait pas de dire aux clients qu'on n'a plus de « pêches glacées pétillantes à l'orientale de chez Momo » alors qu'ils viennent justement chercher ça, et il fait une grimace avec son visage et des guillemets avec ses doigts.

Bon OK, j'ai compris. On refait un petit accident comme celui qui m'est arrivé, à coups de cagette de melons contre une cagette de pêches, je descends à la cave, je remonte des bocaux, et avec Éloi on refait une tournée de pêches glacées pétillantes à l'orientale de chez Momo, qu'on glisse en vitesse dans le frigo du trottoir et qu'on vend en quinze minutes… Tout part à une vitesse folle, on refait autant de tournées que possible, mais très vite on n'a plus assez de pêches, de limonade et de menthe. On est obligés d'écrire sur un carton en gros (enfin, ce coup-là, c'est Éloi qui le fait) : « IL N'Y A PLUS DE PÊCHES GLACÉES PÉTILLANTES À L'ORIENTALE DE CHEZ MOMO. REVENEZ DEMAIN ! »

Les gens sont déçus, certains entrent dans l'épicerie pour prendre des commandes. Tout est noté par Éloi, Momo va avoir du boulot dès le lendemain matin !

Cette fois-ci on va peut-être souffler deux minutes.

CHAPITRE 7

Je m'installe dans le fauteuil en sac de riz de mon assistant et je pense à mon canapé douillet, aux pizzas du soir et à mes bandes dessinées. Mais ça ne dure pas longtemps, parce que mon assistant me réveille en hurlant :

– Dago, c'est ton tour ! Une glace à vendre !

C'est épouvantable, la chaleur qu'il fait dehors, alors qu'on est bien à l'intérieur de l'épicerie, il y fait bon. Avec Éloi, on a donc décidé de se partager la vente des glaces du frigo qui est dehors, sur le trottoir. Un coup c'est le tour d'Éloi, un coup c'est mon tour. Les clients, on les voit arriver devant le frigo du trottoir avec le gros miroir que Momo a fait installer pour pouvoir observer ce qui se passe à l'extérieur de son épicerie.

Je vais donc vendre la glace à un client qui a trop chaud, et je retourne sur mon fauteuil-sac de riz. La glace suivante, c'est pour Éloi. Mais je redoute celle d'après, j'ai déjà pas envie d'y aller. Je dois trouver une idée pour arrêter ce manège. Je me concentre… et… voilà, j'ai trouvé une idée ! Je prépare deux ou trois trucs, il y a tout ce qu'il faut dans mon sac à dos et dans la cave sous l'épicerie de Momo.

Je monte sur l'escabeau et je pose sur le dessus du frigo à glaces un des deux talkies-walkies que j'ai toujours dans mon sac avec ma paire de jumelles. (On ne sait jamais, je peux toujours avoir une mission qui me tombe dessus sans prévenir.) Avec une ficelle, j'attache une petite cloche sur le devant de l'armoire. Ensuite, je scotche sur la porte une petite boîte bien fermée de tous les côtés avec juste une fente sur le dessus. Et puis je mets un écriteau sur le frigo : « DISTRIBUTHEUR SEMI-OTOMATIQUE DE GLASSES. SI VOUS VOULEZ UNE GLASSE, FAITES SONNAI LA CLOCHE ET SUIVEZ LES INSTURCTIONS. ATTENTION, SETTE APAREIL NE REN PAS LA MAUNNAIE. »

Et puis je vais me rasseoir au frais. De là où je suis, je vois très bien le trottoir en regardant dans le miroir de Momo avec mes jumelles, comme ça je peux bien voir les détails. Allez, c'est parti. Mission : ne plus bouger.

Éloi passe par là et me rappelle :

– Tu sais que la prochaine vente de glaces est pour toi, hein ? À te voir, on dirait que

tu t'amuses. Moi, je vais recompter les dentifrices, il m'en manque un dans mon inventaire.

– Je viens d'inventer le travail à distance, cher assistant. Pendant que tu cours partout à compter tes boîtes de cirage, moi, je travaille depuis mon fauteuil bien au frais.

TING TING !

– Tiens, voilà, regarde, un client pour les glaces !

C'est monsieur Nicolas. Je le connais, il vient souvent.

Je prends mes jumelles et mon talkie-walkie, et je parle dedans. Bien sûr, on dirait que c'est le frigo à glaces qui parle. J'essaie de faire une voix super-douce, comme à la radio :

– Bonjour, monsieur Nicolas. Ouvrez la porte du frigo et choisissez votre glace.

Monsieur Nicolas sursaute, il est super-surpris. Il regarde à droite, à gauche. Il dit

« Bonjour, madame », et puis il finit quand même par ouvrir l'armoire et choisir sa glace.

– Voilà, très bien. Levez votre glace au-dessus de votre tête, monsieur Nicolas, je fais dire à l'armoire à glaces. OK, parfait, un cône super-fraîcheur caramel/citron, très bon choix. Mettez un euro quatre-vingt-dix dans la boîte.

Monsieur Nicolas met les sous dans la boîte et dit :

– Merci, madame l'armoire à glaces. Heu… À bientôt, madame l'armoire à glaces.

Et puis il ouvre sa glace et la déguste en s'éloignant.

TING TING ! Un nouveau client pour les glaces. Je lance à Éloi :

– Hep, Éloi, y a quelqu'un pour les glaces ! C'est ton tour, mais laisse tomber, je m'en occupe. Tu as peut-être encore perdu une boîte de cure-dents ou des choux de Bruxelles ?

Éloi finit par venir voir pourquoi je fais toutes

les ventes de glaces. Et, sur ce coup-là, il est bien obligé de dire que j'ai du génie, que je suis le meilleur, qu'il n'aurait jamais eu cette idée, que je dépasse toutes ses espérances, que mon idée est brillante, que je suis tout simplement le meilleur épicier de l'hémisphère Nord, bref que je le dépasse en intelligence pure. Il est bien obligé de dire ça, mais il dit juste :

– Ouais, pas bête.

Et puis, avec le gros feutre noir, il corrige quelques petites fautes que j'avais oubliées sur la pancarte.

CHAPITRE 8

Alors qu'on vient de vendre des tonnes de glaces sans bouger de l'intérieur de l'épicerie, on entend des coups de klaxon depuis l'autre bout de la rue. C'est Momo qui revient !

Jamais je n'ai vu un sourire aussi grand sur un visage humain. Momo est épouvantablement fier de son petit-fils. Avant de nous demander comment s'est passée la journée dans son épicerie, il sort son téléphone et nous montre deux cent cinquante-huit photos du même petit bébé. Il est joli, ce bébé, oui, mais, même joli, deux cent cinquante-huit photos, c'est deux cent cinquante-sept de trop. Je dis *deux cent cinquante-huit photos* parce qu'il n'a pas le temps de nous en montrer plus : madame Petit arrive en courant avec un grand panier.

– Ah, Momo, tu es là ! Dis, tu peux me mettre dix bocaux de pêches glacées pétillantes à l'orientale de chez Momo ?

Momo ne sait pas trop quoi répondre, il n'a jamais entendu parler des pêches glacées pétillantes à l'orientale de chez Momo.

J'explique à madame Petit que, des pêches glacées pétillantes à l'orientale de chez Momo, il n'y en a plus, et qu'il faudra revenir le lendemain. Je n'ai jamais vu un aussi petit sourire sur un visage humain.

Madame Petit reviendra le lendemain, mais elle est super-déçue.

Momo va chercher une bouteille de limonade de sa cuvée privée, des verres, des cacahouètes et des chaises, et demande qu'on lui raconte notre journée du début à la fin. Quand on a terminé, Momo est estomaqué. Il nous félicite, il dit que sa vie de grand-père ne pouvait pas mieux commencer, et qu'il est fier de nous. Et puis il se lève et revient une minute plus tard de sa cave avec un énorme carton qu'il pose sur la table devant nous.

– Ouvrez, les drôles, c'est pour vous, dit-il en nous regardant.

On ouvre, et on découvre une magnifique et énorme piscine gonflable.

– J'ai commandé cette piscine un jour, mais je ne l'ai jamais vendue. Je voulais la rendre à mon fournisseur, mais j'en connais deux qui ont bien mérité de la garder !

On embrasse Momo et on met le carton sur le chariot de l'épicerie, direction la maison. En courant, je hurle à Momo de passer avec sa famille à la maison manger des pizzas.

En arrivant au 8, rue des Poteaux, on est morts de fatigue, mais on sort la piscine pour la mettre dans la cour. Pendant qu'elle se remplit d'eau, on fonce enfiler nos maillots de bain.

Vingt minutes plus tard, on est installés dans l'eau jusqu'au cou. Il fait tellement chaud que c'est super-agréable.

Tout le monde dans l'immeuble a entendu parler de la façon dont on s'est occupés de l'épicerie de Momo. Tout le monde vient nous rendre visite pour nous féliciter. Maman et monsieur Pierrot apportent une grande table et des chaises, et bientôt les pizzas de maman recouvrent la table. Monsieur Mouçatons descend ses plantes en pot et les dispose autour de la piscine.

Momo et sa famille arrivent les bras chargés de bonnes choses à manger. Momo a même apporté quelques bocaux de pêches glacées pétillantes à l'orientale de chez Momo, qu'il a eu le temps de refaire avec sa réserve personnelle. Mais elles sont bien trop sucrées, il va falloir qu'on lui fasse une petite formation personnalisée, à notre Momo.

Voilà, nous passons une délicieuse soirée, mon assistant et moi, au fond de notre piscine, avec tous les amis de l'immeuble autour de nous. Momo montre les quatre cent cinquante autres photos de son joli petit-fils à tout le monde. Les parents d'Éloi arrivent en retard, un peu grognons, mais au bout de cinq minutes ils trouvent l'ambiance « géniale » (ils disent ça en faisant des guillemets avec leurs doigts). Monsieur Mouçatons, qui joue superbien de la guitare, nous offre un petit concert. Madame Bertrand-Mustaffa raconte des anecdotes de sa jeunesse, pendant que ceux qui les ont déjà entendues écoutent monsieur Mustaffa, qui raconte de formidables histoires.

Je me tourne vers Éloi, qui termine une part de pizza qu'il tient dans sa main droite et un verre de jus de papaye dans sa main gauche, et qui écoute monsieur Mustaffa. Je lui demande :

– Dis donc, on n'est pas mieux que chez Dominique l'Américaine ici ?

Il me regarde avec ses yeux de poisson, et me dit :

– RÉPUBLIQUE DOMINICAINE, pas Dominique l'Américaine ! Oui, t'as raison, on est mieux ici que là-bas. Tiens, redonne-moi de la pizza, assistant.

En lui expliquant tranquillement que je ne suis PAS SON ASSISTANT, je lui renverse mon verre de jus de goyave sur la tête et je me ressers de la pizza.

TU SAVAIS QU'ÉLOI ET DAGOBERT ONT VÉCU PLEIN D'AUTRES AVENTURES ?...

DU MÊME AUTEUR :

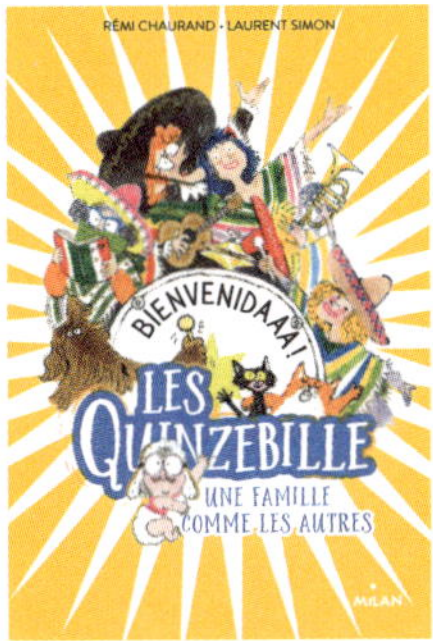

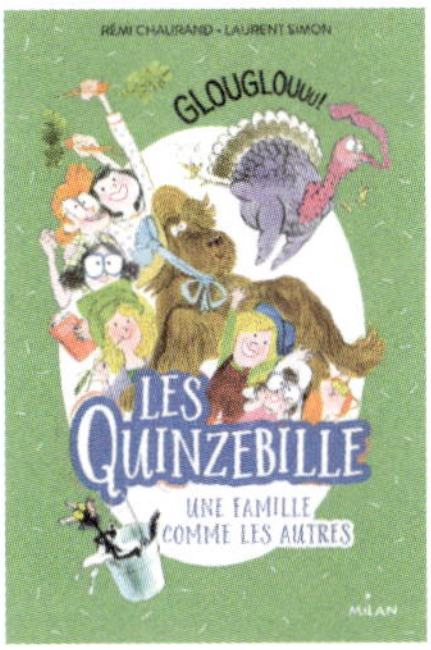

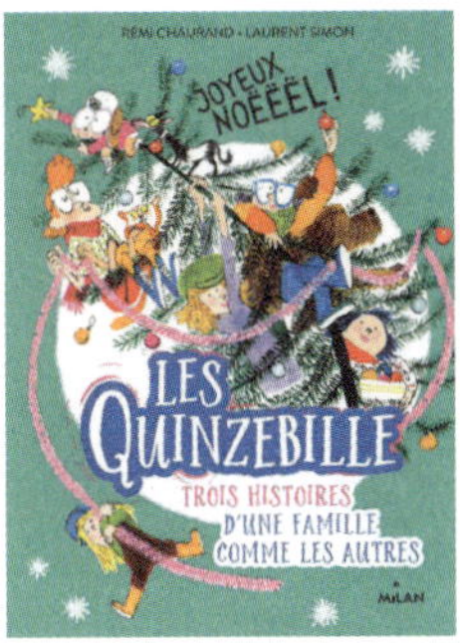

1, rond-point du Général-Eisenhower,
31101 Toulouse Cedex 9, France
editionsmilan.com

Loi 49-956 du 16 juillet 1949
sur les publications destinées à la jeunesse

Dépôt légal : juin 2021
ISBN : 978-2-4080-1744-6
Achevé d'imprimer au 2e trimestre 2021 en Espagne par Egedsa

Plus d'informations sur la fabrication de nos livres :
editionsmilan.com/comment-fabriquons-nous-nos-livres

Tu vides tes étagères et connais déjà ce livre par cœur ?
Donne-le !